LA GARE QUI N'EXISTAIT PAS

Du même auteur

Romans adulte :
Le pouvoir de Flamen
Halloween chez Audrey
La revanche du léopard *(à paraître…)*
Romans jeunesse :
Une citrouille vraiment effrayante
Enlèvement au collège
Un fantôme dans le métro
Jeu de piste macabre dans le 6ème
Série Halloween chez Justine :
1 - Loups-garous, vampires et autres monstres…
2 - L'attaque du monstre gluant
3 - Debout les morts !
4 - Croisière sans retour
5 - Le manoir de la mort
6 - Une momie dans les catacombes
7 - Un château en Transylvanie
Album :
Le lapin qui grossissait
Nouvelles :
La gare qui n'existait pas
Le secret de l'échiquier
Le moulin aux fées
Le miroir vénitien
Meurtres à la pleine lune
Plus que la fortune
Le projet R.H.

Joël VERBAUWHEDE

LA GARE QUI N'EXISTAIT PAS

Éditions Mondes Parallèles

Note de l'auteur

Cette nouvelle a obtenu une Deuxième Mention au Concours International Littéraire d'Arts et Lettres de France et a été publiée dans le magazine Phénix Mag – Spécial Nouvelles n°2.

Retrouvez l'auteur sur Internet :
editionsmondesparalleles.free.fr

Illustrations de couverture : Joël Verbauwhede
(Images utilisées libres de droits)

ISBN 978-2-37830-001-2

La gare qui n'existait pas

Comme tous les matins, Jean-Paul prenait le train à la gare RER de Sartrouville pour se rendre à l'université de Cergy-Pontoise. Cette nuit-là, il n'avait pas beaucoup dormi. Il avait eu beaucoup de mal à se lever et baillait en attendant le train, en se disant qu'il aurait mieux fait de rester couché.

Dans le train, il s'installa aussi confortablement que possible, allongea ses jambes et ferma les yeux pour se reposer durant le trajet. Pour ne pas manquer la gare de Cergy-Préfecture, il lui suffisait de compter les arrêts.

À la gare de Neuville-Université, il se fit bousculer et ouvrit un œil endormi, découvrant deux jolies jambes. Trop fatigué pour regarder à quoi ressemblait la fille qui s'excusait poliment en s'asseyant en face de lui, il replia ses jambes et somnola en attendant le prochain arrêt. Le RER quitta la gare de Neuville et s'enfonça dans le tunnel qui le conduisait à la gare souterraine de Cergy-Préfecture.

Soudain Jean-Paul se réveilla en sursaut, conscient que quelque chose avait changé. Le train… Il s'était arrêté ! Il avait dû s'assoupir, bercé par le balancement du wagon. S'il ne se dépêchait pas, le RER repartirait avant qu'il soit descendu à la gare de Cergy-Préfecture. Déjà le signal sonore annonçant la fermeture des portes retentissait.

Jean-Paul se leva d'un bond, ramassa sa sacoche et constata alors que le siège face à lui était vide, excepté un mouchoir de soie. Avisant la fille qui l'avait bousculé en train de descendre du train, il se saisit du mouchoir et se précipita à sa suite.

En posant les pieds sur le quai, il réalisa que tous les autres voyageurs étaient restés immobiles.

Voyant la fille s'éloigner, il l'interpela :

— Mademoiselle ! Vous avez oublié votre mouchoir !

Son esprit émergeant des brumes du sommeil constata alors qu'il ne reconnaissait pas le quai de la gare. En tout cas, ce n'était pas Cergy-Préfecture. Il avait dû dépasser son arrêt.

La fille se retourna et Jean-Paul constata avec surprise que de grosses larmes roulaient sur ses joues.

Elle murmura tristement :

— Je suis désolée…

Le bruit d'un train approchant dans le tunnel fit se retourner Jean-Paul. Abasourdi, le jeune homme vit la silhouette vaporeuse d'un RER apparaître *à travers le quai*. Tandis que le train devenait de plus en plus net, les contours du quai s'estompaient pour faire place à des rails. Il réalisa avec effroi qu'il se trouvait au beau milieu de la voie et que le train fonçait droit sur lui !

Paralysé par la surprise, il resta immobile, incapable de réagir. Au moment où le train allait le percuter, la fille en pleurs réapparut devant lui et le poussa hors des rails, mais elle ne put s'écarter à temps : le RER lancé à pleine vitesse lui passa sur le corps.

Quand le grondement du train eut disparu, Jean-Paul se releva, hébété. À la lumière blafarde de l'éclairage du tunnel, il découvrit avec horreur ce qui restait du corps de la fille : des morceaux de chair et de vêtements sanglants dispersés le long des rails maculés de sang. Il se détourna pour vomir.

— Oui, le spectacle n'était pas beau à voir, prononça alors une voix féminine.

Se retournant, il manqua avoir une attaque en découvrant la fille debout à côté de lui. Il voulut regarder à nouveau le cadavre déchiqueté, mais constata que les rails avaient disparu. Avec incrédulité, il baissa les yeux sur ses pieds qui reposaient maintenant sur le quai d'une station souterraine du RER.

— C'est un rêve ou je deviens fou ?

— Ni l'un ni l'autre. Tu es descendu à la gare qui n'existe pas.

Avisant un panneau portant le nom de la station, Jean-Paul s'en approcha et lut :

— Victoria ! Cette gare existe donc bien, même si je ne la connais pas.

La jeune fille poussa un soupir.

— Victoria, c'est mon nom. Je suis désolée, je n'aurais pas dû t'attirer ici… Mais je devrais peut-être commencer par le début, si tu veux entendre mon histoire…

Jean-Paul regarda alors la jeune fille avec attention. De taille moyenne, avec de grands yeux noisette et des cheveux châtains, elle portait une robe blanche avec une ceinture à la taille. Elle essuya maladroitement les larmes de ses joues et demanda :

— Quel est ton nom ?

— Jean-Paul. Si tu peux m'expliquer tout ce qui vient de se passer, j'en serais ravi…

— C'était il y a cinq ans. J'allais à la fac à Cergy, prenant le RER à Maisons-Laffitte. Tous les matins, je retrouvais Marc, mon petit copain qui montait à la gare de Neuville. Dès qu'il me voyait, il venait aussitôt m'embrasser.

Souvent il m'offrait des fleurs. J'avais beau lui dire qu'elles allaient m'embarrasser toute la journée, il s'en moquait, mais je ne pouvais pas lui reprocher sa gentillesse. J'étais heureuse et je l'aimais.

Et puis un jour, quand le train s'est arrêté à Neuville, il est monté, mais il n'était pas seul. Dans ses bras il serrait une fille blonde en lui souriant. Elle était bien plus belle que moi.

Quand Marc est passé avec elle devant moi sans m'adresser un regard, je me suis levée. Je n'arrivais pas à y croire, je me disais que c'était une mauvaise plaisanterie. Mais quand je lui ai parlé, il s'est moqué de moi et la fille s'est mise à rire méchamment. Il m'a dit de les laisser tranquilles et l'a embrassée devant moi.

En pleurant silencieusement, je suis allée me rasseoir, le cœur brisé. Quand le train s'est arrêté, j'ai cru que c'était la gare de Cergy-Préfecture. Les larmes m'aveuglaient et j'ai dû tâtonner pour trouver l'ouverture de la porte. Je voulais courir le plus loin possible de lui.

Mais le RER s'était arrêté avant la gare, dans le tunnel. Sans doute un imbécile qui avait tiré le signal d'alarme. En croyant descendre sur le quai, je suis tombée sur les rails. Un train arrivait en sens inverse…

Tu as vu tout à l'heure ce qui m'est arrivé. La police a mis plusieurs jours à identifier ce qui restait de mon corps, car Marc a prétendu qu'il ne me connaissait pas.

Jean-Paul était bouleversé.

— Mais alors, tu es… *morte* !

Hochant la tête tandis que le jeune homme s'écartait instinctivement, Victoria répondit :

— Oui, je suis morte. Depuis ce jour-là, je vis dans cette station qui n'existe pas. Pour m'occuper, je refais de temps en temps le trajet Neuville-Cergy, revivant la scène avec Marc et l'accident qui m'a coûté la vie. Personne n'avait jamais eu conscience de ma présence, jusqu'à aujourd'hui. Quand je t'ai heurté, tu as ressenti le contact et tu m'as vue. Tu dois être plus réceptif que les autres...

— Dis plutôt que j'étais à moitié endormi. Hier soir, j'ai fait la fête avec des copains jusqu'à trois heures du matin, alors je n'ai pas dormi beaucoup cette nuit. Mais maintenant, si je ne dors pas profondément, je suis en train de discuter avec un fantôme. Comment est-ce possible ?

— Je ne sais pas. Quand les pompiers sont venus, j'étais là, mais ils ne me voyaient pas. Je les ai regardés emporter mon corps, enfin... ce qu'il en restait. Je suis toujours là depuis, seule et abandonnée.

Sentant sa détresse, Jean-Paul s'approcha et la serra doucement dans ses bras. Son corps tremblant avait l'air bien tangible, mais il ne put retenir un frisson.

Victoria se dégagea vivement en criant :

— Laisse-moi, tu ne comprends donc pas ce que j'ai essayé de te faire ?

— Non, que veux-tu dire ? Si tu es un fantôme et que je peux te toucher, c'est que je suis mort moi aussi ?

— Non, pas encore. Quand je t'ai touché, je t'ai attiré dans ma… réalité. J'ai arrêté le train et j'ai laissé mon mouchoir exprès pour te faire descendre sur la voie, pour que tu aies le même accident que moi. La solitude me faisait tant souffrir que… j'ai voulu te tuer pour que tu la partages avec moi. J'ai tellement honte…

Elle se cacha le visage entre ses mains et se mit à sangloter. D'abord horrifié, Jean-Paul s'émut devant la jeune fille en larmes.

Il lui demanda :

— Après m'avoir attiré dans ton piège, tu m'as sauvé en te faisant écraser par le train à ma place. Pourquoi ?

— Parce que j'ai réalisé que c'était mal. Même si c'était en partie à cause de Marc, ma mort était accidentelle. Mais toi… ça aurait été un meurtre. Un autre RER approche, je vais l'obliger à s'arrêter dans cette gare fantôme. Tu pourras y monter et retrouver ton monde. Je te demande pardon.

Avec incrédulité, Jean-Paul vit le train bien réel s'arrêter devant le quai qui semblait réel. Lorsqu'il appuya sur le bouton, les portes s'ouvrirent. Il monta et se retourna vers la jeune fille.

— Victoria, je te pardonne ce que tu as fait. Est-ce que je peux faire quelque chose pour toi ?

— Tu pourrais aller voir Marc ? Il habitait à Neuville, au 13, rue de la gare. Demande-lui de venir me voir, j'aimerais lui dire adieu.

Jean-Paul manqua s'étouffer.

— Après ce qu'il t'a fait, tu veux le revoir ?

Victoria hocha la tête tandis que le signal sonore retentissait.

— D'accord ! cria Jean-Paul. J'irai le voir.

— Merci, murmura la jeune fille.

Les portes se refermèrent et le RER quitta la gare qui n'existait pas.

À la station de Cergy-Préfecture, Jean-Paul se réveilla en sursaut et se hâta de descendre. Il s'était assoupi et avait failli manquer son arrêt.

Au milieu des gens pressés qui le bousculaient, il poussa un soupir de soulagement et murmura à mi-voix :

— Ce n'était donc qu'un rêve !

Mais sentant un doux tissu entre ses doigts, il ouvrit la main et regarda le mouchoir de soie blanc avec des yeux ronds. En lettres d'or, un nom y était brodé : *Victoria…*

*

* *

Le soir venu, au lieu de rentrer directement à Sartrouville, Jean-Paul s'arrêta à Neuville et se rendit au numéro 13 de la rue de la gare. Un garçon un peu plus âgé que lui ouvrit la porte.

— Marc ?

— Oui, c'est moi. Que voulez-vous ?

— Vous n'allez peut-être pas me croire, mais c'est à propos de Victoria…

— Je ne connais pas de Victoria, vous devez faire erreur.

Il tenta de refermer sa porte, mais Jean-Paul avait bloqué le battant avec son pied.

Furieux, Marc menaça :

— Qu'est-ce que ça signifie ? Si vous ne partez pas immédiatement, j'appelle la police.

— Ça signifie que vous feriez mieux de m'écouter. Parce que sinon, j'irai moi-même raconter ma petite histoire à la police. Non-assistance à personne en danger, peut-être même homicide involontaire…

Marc blêmit et rouvrit sa porte.

— Entrez ! Nous serons mieux à l'intérieur pour discuter.

Quand ils furent installés dans le salon, Jean-Paul raconta à son interlocuteur ce qui lui était arrivé au matin dans le RER. Soulagé, Marc éclata de rire.

— Mon vieux, vous avez simplement fait un cauchemar !

— Je le croyais aussi, jusqu'à ce que je voie ce mouchoir. Et comment aurais-je pu connaître tous les détails ? Je ne connaissais même pas Victoria.

— Moi non plus, je ne connais pas cette fille dont vous me parlez. Allez donc raconter votre histoire de revenant à la police, je suis certain qu'ils la trouveront très amusante. Maintenant veuillez sortir de chez moi.

— Mais elle veut simplement vous dire adieu. Vous ne pouvez pas lui refuser ça après ce que vous lui avez fait !

— Sortez de chez moi ! répéta Marc. Et dites à cette petite sotte qu'elle peut toujours attendre, je n'ai plus jamais repris le RER depuis son accident. Maintenant, je prends le bus.

— Vous savez, Marc, avant de vous rencontrer, j'imaginais que vous étiez un pauvre type qui ne méritait pas l'amour de cette fille…

Sous l'insulte, l'homme se leva et brandit un poing menaçant. D'un geste vif du bras gauche, Jean-Paul détourna le coup, puis frappa violemment Marc à l'estomac, le rejetant dans son fauteuil. Tandis qu'il grimaçait en se tenant le ventre, le jeune homme se leva à son tour et toisa avec mépris l'ex-petit ami de Victoria.

— Inutile de me raccompagner, je trouverai la sortie tout seul. Vous êtes une belle ordure, Marc. Vous mériteriez que je vous jette sous un train. Vous avez de la chance que je ne sois pas aussi mauvais que vous.

Comme l'homme tentait de se relever en se tenant le ventre, Jean-Paul le renvoya au sol d'un vif crochet du gauche à la mâchoire. En le voyant chercher son souffle à quatre pattes, du sang coulant de sa lèvre fendue, le jeune homme poussa un profond soupir en secouant la tête.

— Je ne comprends pas comment Victoria a pu aimer quelqu'un d'aussi pitoyable !

Jean-Paul rentra chez lui en sifflotant. Frapper Marc lui avait procuré une intense satisfaction. Mais tandis que l'euphorie le quittait, il songea avec tristesse à la pauvre Victoria qui attendrait en vain de revoir le sale type responsable de sa mort, dont elle devait encore être amoureuse.

*

* *

Le lendemain matin, c'est avec un peu d'appréhension que Jean-Paul vit le RER s'engager dans le tunnel entre Neuville et Cergy. Lorsque le train s'arrêta au milieu des voies, lui seul parut s'en rendre compte : les autres passagers semblaient pétrifiés, comme si le temps s'était arrêté pour eux.

Prenant son courage à deux mains, il saisit sa sacoche et son bouquet de fleurs et se leva. Il pressa le bouton d'ouverture des portes et hésita en voyant les rails.

— Victoria ? appela-t-il.

Comme en réponse à ses paroles, le quai de la gare qui n'existait pas se matérialisa devant lui. Songeant au train qui avait failli le tuer la veille, Jean-Paul déglutit mais en entendant le signal sonore, il dut se décider, sautant sur le quai comme on se jette à l'eau.

La station était déserte, mais il entendit une voix derrière lui :

— Bonjour, Jean-Paul. Sois le bienvenu chez moi. Tu m'as apporté des fleurs ?

Se retournant, il vit une silhouette translucide se matérialiser peu à peu devant lui. Née de la brume, elle se densifia jusqu'à ce que la jeune fille morte soit devant lui.

— Bonjour, Victoria. Oui, je sais que ça doit te rappeler de mauvais souvenirs, mais j'espérais te faire plaisir, les œillets blancs sont un gage d'amitié.

Elle prit le bouquet qu'il lui tendait et respira avec délice le parfum des fleurs.

— Ça me touche beaucoup, Jean-Paul. Je te remercie. Il y a si longtemps que je vis dans cette gare de béton et ces tunnels à l'odeur fétide. Respirer le parfum des fleurs, parler à quelqu'un… Marc ne viendra pas, n'est-ce pas ?

— Non, je suis désolé. Tu l'aimes donc toujours malgré ce qu'il t'a fait ?

Victoria secoua la tête.

— Non, au contraire. Je le déteste ! Si je t'ai demandé de le faire venir, c'était pour pouvoir le tuer de la même façon que je suis morte. Je voulais me venger de ma vie gâchée, mais j'ai changé d'avis. Je préfère l'oublier, pour ne pas avoir à rougir de mes actes.

— Tu as raison, il n'en vaut pas la peine, approuva le jeune homme. Si ça peut te consoler un peu, je lui ai cassé la figure !

— Tu t'es battu avec lui ? s'inquiéta le fantôme.

— C'est lui qui a commencé. Je ne suis pas violent d'ordinaire, mais j'avoue avoir pris plaisir à le frapper ! Ce salaud ne te méritait pas.

— Je me rends compte à présent comme j'ai été stupide de tomber amoureuse d'un type comme lui.

J'étais jeune et ignorante, il me disait de si jolies choses… Mais toute seule pendant cinq ans dans cette gare fantôme, j'ai eu le temps de réfléchir. La haine a grandi dans mon cœur et je t'aurais tué simplement pour ne plus être seule. Toi, par contre, tu es venu m'apporter des fleurs malgré ce que j'ai fait.

— J'aurais voulu que tu ne meures pas, Victoria. Personne ne mérite ce qui t'est arrivé.

Voyant la tristesse sincère du jeune homme, Victoria demanda :

— As-tu une petite amie, Jean-Paul ?

— Non, j'ai bien quelques copines, des filles avec qui il m'arrive d'aller au cinéma, mais rien de sérieux.

— Alors tu pourrais me tenir un moment dans tes bras ?

Dans le silence de la gare déserte, Jean-Paul eut soudain l'impression que tout se dissolvait dans le regard de Victoria. L'attirant contre lui, il l'enlaça tendrement, glissant ses doigts entre ses longs cheveux châtains. La jeune fille s'abandonna entre ses bras, posant la tête dans le creux de son épaule.

Le temps sembla s'être arrêté. Jean-Paul songea aux trains qui devaient traverser le tunnel, mais ils ne s'y trouvaient plus. Ils étaient dans une autre réalité, celle d'une gare qui n'existait pas, là où vivait un fantôme…

— Un bien joli fantôme ! murmura le jeune homme.

— Quoi ?

— Non, rien. Je suis bien ici avec toi, Victoria.

Il lui prit doucement le menton et plongea dans son regard en souriant. Les yeux de la jeune fille s'écarquillèrent et elle secoua la tête en soupirant.

— Je suis morte, Jean-Paul ! Tu as vu mon cadavre, tu n'oserais pas…

— Je te vois telle que tu es dans mes bras, tu me sembles vivante et réelle.

— Mais tout ce que tu vois n'est qu'illusion, Jean-Paul, protesta-t-elle faiblement.

— Alors tu dois pouvoir me donner l'illusion d'un baiser…

Jean-Paul approcha sa bouche de celle de Victoria, l'embrassant avec douceur. D'abord réticente et inquiète, la jeune fille entrouvrit les lèvres et oublia la frontière qui les séparait. Jean-Paul constata alors que Victoria ne respirait pas et que son cœur ne battait pas.

Tentant de se dégager, la jeune fille se mit à pleurer.

— Tu vois bien que je ne suis plus vivante, Jean-Paul. Tu dois retourner dans le monde réel où je n'ai plus ma place.

— Tu as raison, Victoria, admit-il à contrecœur.

Il l'embrassa une seconde fois, plus longuement et plus tendrement encore. Quand enfin il la relâcha, la jeune fille essuya ses larmes bravement et lui fit face.

— Jean-Paul, je… ne t'oublierai pas. Merci d'avoir offert un peu de bonheur à une fille morte depuis cinq ans. Je garderai ces fleurs que tu m'as offertes. Voilà ton train, il est temps pour toi de partir et de m'oublier…

À regret, le jeune homme soupira :

— Comment pourrais-je oublier une si jolie revenante ? Au revoir, Victoria. Quand tu te sens seule, n'hésite pas à arrêter mon train. Je serai heureux de te tenir compagnie un moment.

Jean-Paul dut faire un violent effort de volonté pour remonter dans le train, quittant la gare qui n'existait pas pour le monde réel.

En voyant les portes du RER se refermer, Victoria murmura avec désespoir :

— Adieu, Jean-Paul. Si je te ramenais une nouvelle fois dans mon monde, je serais tentée de te garder avec moi. Mais je veux que tu vives, alors… adieu !

Une fois le RER reparti dans les sombres tunnels, Victoria se prit le visage entre les mains et laissa ses larmes couler…

*

* *

Les semaines passèrent, puis les mois. Chaque matin, Jean-Paul espérait que son RER s'arrêterait sous terre entre les gares de Neuville-Université et Cergy-Préfecture. Il finit par comprendre que Victoria ne l'inviterait plus. Sans doute craignait-elle qu'il s'attache trop à elle.

Mais c'était trop tard. Le visage mélancolique de la jeune fille ne le quittait pas. Si son esprit hantait le tunnel du RER, son image hantait l'esprit de Jean-Paul. Il ne pouvait l'oublier comme elle le souhaitait.

Il perdit peu à peu le sommeil et l'appétit et se désintéressa de ses études. Il sortit avec d'autres filles, mais aucune ne trouva grâce à ses yeux.

Lorsque Sandra, une jolie blonde avec qui il s'entendait bien, tenta de l'embrasser sur la bouche, il détourna la tête.

La sentant se raidir dans ses bras, il murmura :

— Je suis désolé, je t'aime bien, mais…

— Mais il y en a une autre que tu aimes… tout court, devina Sandra en soupirant tristement. Alors pourquoi sors-tu avec moi ?

— Elle ne veut plus me voir. J'espérais réussir à l'oublier, mais…

— Mais tu l'aimes vraiment. Alors va le lui avouer, Jean-Paul. Tu es un type génial, je suis sûre que tu réussiras à arranger les choses avec elle.

— Tu as raison, admit le jeune homme. Je dois à tout prix lui parler.

Le lendemain matin, alors que le RER se trouvait au milieu du tunnel, il tira le signal d'alarme. Sourd aux protestations des voyageurs secoués par l'arrêt brutal, il se précipita à la porte qu'il ouvrit pour descendre sur les voies.

Venant en sens inverse, un autre train klaxonna, mais Jean-Paul lui fit face, bien campé sur ses jambes.

Fermement résolu à ne pas bouger, il cria pour couvrir le bruit du train :

— Je t'aime, Victoria ! Si je dois mourir pour te retrouver, alors je suis prêt à le faire !

Dans le train arrêté, les gens se pressaient aux vitres pour assister au spectacle. Pas un ne descendit pour tenter de le raisonner. Ce n'est pas tous les jours qu'on a la chance d'assister à un suicide…

Le train était presque sur lui, Jean-Paul crut entendre une douce voix le supplier :

— Non, Jean-Paul, ne fais pas ça…

Mais il l'ignora et se mit à trembler, espérant que ça ne serait pas trop douloureux… Il ferma les yeux et ressentit un choc qui le fit tomber à la renverse sur un sol dur. Il ouvrit les yeux et découvrit le visage tremblant de Victoria penché sur lui. Ils se trouvaient sur le quai de la gare portant son nom. Le train avait disparu.

La jeune fille était furieuse.

— Comment as-tu pu faire une chose pareille ! Tu as pourtant vu dans quel état était mon corps…

— Je sais, mais je t'aime, Victoria. Tu ne voulais plus arrêter mon train, alors c'était le seul moyen que j'avais pour te retrouver. Je suis mort, n'est-ce pas ?

Victoria se releva et secoua la tête.

— Non, je t'ai fait passer dans ma… réalité juste à temps. Va-t-en, Jean-Paul. Nous ne devons plus nous revoir.

— Mais pourquoi ? Je t'aime, Victoria, tu ne peux pas imaginer combien je souffre d'être séparé de toi.

— Je le sais, je te vois chaque matin dans le RER. J'ai pu voir à quel point je te faisais souffrir et j'en suis très malheureuse. Mais tu dois m'oublier, même si je t'aime moi aussi.

— Non, Victoria. Si nous nous aimons, je ne vois aucune raison pour nous quitter.

— Moi, j'en vois une excellente, Jean-Paul. Je suis *morte !*

— Je m'en moque.

Il l'attira contre lui, l'embrassant avec passion. Elle poussa un léger cri comme il la serrait dans ses bras à l'étouffer.

— Aïe ! Tu me fais mal !

Relâchant un peu son étreinte, le jeune homme s'enquit avec perplexité :

— Comment peux-tu ressentir la douleur si tu es morte ?

La jeune fille parut troublée.

Haussant les épaules, elle répondit :

— Je l'ignore. Je ne sais pas non plus comment je peux t'embrasser. Je ne croyais pas aux fantômes avant d'en devenir un moi-même. Pardonne-moi de t'avoir abandonné, Jean-Paul. J'espérais que tu m'oublierais et que tu trouverais une fille vivante à aimer. Je ne pensais pas que tu serais prêt à mourir pour me revoir.

— Alors tu ne m'abandonneras plus, Victoria ?

— Non, Jean-Paul. Chaque matin, ton train s'arrêtera dans ma gare et je t'y attendrai. Mais nous ne pourrons rester ensemble que quelques minutes. Si tu ne reprenais pas le train suivant, tu resterais prisonnier à jamais dans cette gare, sans espoir de retourner dans le monde réel. Regarde ces fleurs que tu m'as offertes…

Elle fit apparaître entre ses mains le bouquet d'œillets blancs et expliqua :

— Depuis deux mois, elles ne se sont toujours pas fanées, mais leur parfum a disparu. Ce sont maintenant des fleurs fantômes, comme moi. Je ne veux pas que tu deviennes comme ça…

— Du moment que je suis avec toi, ça m'est égal… Je reste !

— Ne fais pas ça, Jean-Paul. Tu ne peux pas savoir ce que c'est de passer cinq années dans cet endroit lugubre, être morte sans l'être vraiment. Au début, on se distrait en écoutant les conversations des voyageurs dans le RER. Puis on se lasse de leur envier une vie que l'on n'a plus. Finalement, il ne reste que la solitude… Même à deux, nous serions malheureux. Dans quelques mois tu m'en voudras de t'avoir entraîné dans ce piège.

Le RER s'arrêta alors devant le quai. Avec hésitation, Jean-Paul pressa la commande d'ouverture, regarda à l'intérieur, puis contempla la jeune fille qui lui souriait dans sa robe blanche.

— À demain, mon amour. Si le train suivant a du retard, nous pourrons rester ensemble plus longtemps.

Jean-Paul secoua la tête et revint vers Victoria pour l'enlacer tendrement.

— Pourquoi attendre demain ?

La sonnerie annonçant la fermeture des portes retentit et la jeune fille s'affola :

— Jean-Paul ! Ce train, c'est ta vie ! Tu dois le prendre !

— Ma vie est avec toi, ma Victoria.

Elle voulut protester, mais la bouche du jeune homme venait de se coller à la sienne. Des larmes coulant sur ses joues, elle lui rendit le baiser. Par amour pour elle, il était prêt à devenir lui aussi un fantôme habitant la gare qui n'existait pas.

Soudain elle se sentit soulevée du sol et réalisa que Jean-Paul courait vers le train. Comme au ralenti, les portes se refermaient.

Comprenant ce qu'il avait en tête, Victoria s'écria :

— Non, Jean-Paul ! Tu n'as pas le droit de me remmener avec toi dans le monde réel !

Le quai disparut soudain, laissant place à une voie ferrée sur laquelle un autre RER lancé à pleine vitesse approchait. Les portes de celui qui était arrêté se refermaient lentement. Si Jean-Paul lâchait la jeune fille, il n'aurait aucun mal à s'en sortir. Mais il était bien décidé à périr écrasé par le RER plutôt que d'abandonner Victoria.

Avec l'énergie du désespoir, il bondit en avant, sentant le train frôler ses chaussures. Il tomba entre les portes automatiques qui se refermèrent sur lui. Avec un cri de douleur, il les écarta un peu, parvenant à se glisser dans le wagon avec son fardeau.

Les portes claquèrent et le train redémarra. Allongé sur la jeune fille, Jean-Paul poussa un soupir de soulagement.

Sentant un cœur battre à tout rompre contre le sien, il s'exclama :

— Ton cœur bat ! Victoria, tu es vivante !

Émue, la jeune fille lui caressa doucement la main.

— Oui, je respire. Tu m'as ramenée parmi les vivants. Monsieur, vous me voyez ? demanda-t-elle à un vieil homme assis à moins d'un mètre d'eux.

Le voyageur éclata de rire.

— Et comment que je vous vois ! D'où sortez-vous tous les deux ?

Ils se relevèrent sans répondre, embarrassés : ils auraient été bien en peine d'expliquer ce qui venait d'arriver.

Quand le RER s'arrêta en gare de Cergy-Préfecture, ils descendirent en se tenant par la main.

La jeune fille réalisa soudain :

— Les fleurs que tu m'as offertes... Je les ai laissées dans la gare fantôme !

— Je t'en offrirai d'autres, oublie cette maudite gare. À présent tu vas pouvoir profiter de la vie.

— Mais je suis morte ! Je dois être enterrée quelque part et tout le monde m'a oubliée. Qu'est-ce que je vais devenir ?

— Tu vas t'installer chez moi et oublier toutes ces questions. Nous nous aimons, nous sommes ensemble et vivants, le reste n'a aucune importance...

Ils se hâtèrent de quitter la gare. Sortant à l'air libre, ils s'embrassèrent sous la pluie qui se mêlait aux larmes de bonheur sur le visage de Victoria...

Dans un tunnel obscur du RER, un bouquet d'œillets blancs se fanait à l'endroit où s'était trouvée la gare qui n'existait pas, cette gare qui n'existait plus...

À toi, lecteur...

Cette histoire t'a plu ? Alors n'hésite pas à envoyer un commentaire à la boutique où tu te l'es procurée. Tu peux aussi écrire à l'auteur à joel.verbauwhede@free.fr pour lui donner ton avis et être averti de ses prochaines publications.

L'auteur

Depuis son plus jeune âge, Joël Verbauwhede est un passionné de lecture, avec une attirance particulière pour le fantastique et la science-fiction. À l'université, il se lance dans l'écriture d'histoires mêlant le fantastique, les arts martiaux et le romantisme. Une seule règle : le nom du héros doit commencer par J...

Parallèlement à son métier d'enseignant de mathématiques, il obtient plusieurs prix littéraires pour ses écrits. Certaines de ses nouvelles sont publiées dans des recueils ou des magazines et un roman de science-fiction parait aux éditions Mille Poètes.

En 2017, il publie ses textes sur Amazon et crée son site Internet. L'enseignement lui a fait prendre conscience du grand nombre d'enfants et d'adolescents dyslexiques pour qui la lecture est difficile, et qui n'ont que peu de livres qui leur sont accessibles. Habitué à adapter ses cours pour ses élèves dyslexiques, il lui a semblé essentiel d'en faire autant pour ses romans jeunesse qui existent ainsi en version « dys ».

Auteur indépendant, il diversifie son activité en publiant ses ouvrages en version numérique pour le kindle d'Amazon, sur Kobo et Fnac.com, puis sur Apple Books et Google Play.

Il crée en 2020 les éditions Mondes Parallèles en s'imposant une ligne éditoriale stricte : chaque œuvre qu'il publiera (jeunesse ou adultes) sera disponible en version « dys », en format broché comme en ebook.

PETITS ROMANS JEUNESSE
Une citrouille vraiment effrayante
Petit roman jeunesse à partir de 9 ans (HORREUR)

Pour la fête d'Halloween, Delphine et ses copines ont fabriqué une citrouille qu'elles ont appelée Jacques-la-Lanterne. Déguisées en sorcières, elles l'emmènent à la chasse aux bonbons dans les rues de leur village.

Mais l'un des enfants casse la cloche d'une vieille dame. Elle se fâche et lance un mauvais sort sur la citrouille.

Jacques-la-Lanterne prend vie et commence à dévorer les habitants du village les uns après les autres...

Série Halloween chez Justine
1 - Loups-garous, vampires et autres monstres...
Petit roman jeunesse à partir de 11 ans (HORREUR)

Collégienne de sixième, Justine ne parvient pas à faire son devoir de maths le soir d'Halloween, elle appelle donc son camarade Nathan à son secours. Par bravade, elle crie par la fenêtre : « Loups-garous, vampires et autres monstres, venez tous fêter Halloween chez Justine ! »

Mais quand Nathan se transforme en un redoutable fauve et que trois loups-garous et un vampire répondent à son invitation, Justine réalise qu'elle a commis une grave erreur...

2 - L'attaque du monstre gluant
Petit roman jeunesse à partir de 11 ans (HORREUR)

Collégienne de cinquième, Justine invite son copain Nathan à passer la soirée d'Halloween avec elle, mais lui fait promettre de ne pas se transformer comme l'année précédente. Elle a loué le DVD d'un film d'horreur en relief : *L'attaque du monstre gluant*.

Mais quand la créature sort de sa télé pour les dévorer, Justine réalise qu'elle a commis une grave erreur...

3 - Debout les morts !
Petit roman jeunesse à partir de 12 ans (HORREUR)
Collégien de quatrième, Nathan invite son amie Justine chez lui pour Halloween, espérant ainsi briser la malédiction qui poursuit la jeune fille. Il a cependant négligé de lui dire qu'il habite juste derrière un cimetière. Si elle l'avait su, elle aurait sans doute évité de plaisanter en disant : « Debout les morts ! »
Quand les morts sortent de leurs tombes, Justine réalise qu'elle a commis une grave erreur...

4 - Croisière sans retour
Petit roman jeunesse à partir de 12 ans (HORREUR)
Collégienne de troisième, Justine s'est fâchée avec son ami Nathan qui perdait le contrôle de ses transformations. Invitée à fêter Halloween sur un voilier avec quelques amis, elle accepte tout de même de l'emmener sous sa forme de panthère. La soirée aurait pu bien se dérouler si l'un des convives n'avait pas raconté une histoire de monstre marin...
Grave erreur ! Il n'en fallait pas davantage pour que le kraken s'invite à la fête avec quelques requins...

5 - Le manoir de la mort
Petit roman jeunesse à partir de 13 ans (HORREUR)
Lycéenne de seconde, Justine a perdu goût à la vie après la disparition tragique de son ami Nathan. Quand Thomas l'invite à un « Escape Game » dans un vieux manoir le soir d'Halloween, elle ne se fait pas d'illusions : ce sera encore une soirée agitée.
Mais quand les participants du jeu meurent tour à tour, victimes de pièges vicieux, elle comprend qu'elle a commis une nouvelle erreur...

6 - Une momie dans les catacombes
Petit roman jeunesse à partir de 13 ans (HORREUR)
Lycéenne de première, Justine reçoit un paquet qu'elle croit envoyé par son petit ami Nathan. En l'ouvrant sans méfiance, elle se fait piquer par un scorpion venimeux. S'engage alors une course contre la montre pour récupérer l'antidote aux mains d'une momie dans les catacombes.
Facile avec Nathan, le garçon-panthère expert en arts martiaux ? Erreur ! Car la momie a amené quelques araignées géantes...

7 - Un château en Transylvanie
Petit roman jeunesse à partir de 13 ans (HORREUR)
Lycéenne de terminale, Justine hérite d'un château en Transylvanie. Comme son compagnon Nathan, elle se dit que ça sent le piège ! Mais les papiers du notaire sont officiels et ils décident de s'y rendre.
Quand ils constatent que l'ancien propriétaire n'est pas aussi mort qu'il aurait dû l'être et que le château est truffé de vampires, loups-garous et autres monstres, ils réalisent qu'ils ont peut-être commis leur dernière erreur...

ROMANS JEUNESSE
Enlèvement au collège
Roman jeunesse à partir de 11 ans (POLICIER)

En cinquième au collège Simone de Beauvoir, Julien et son ami Luan ont invité Anaïs et Lisa, les sœurs jumelles de leur classe, à faire une randonnée en VTT sur le Plateau de Vitrolles. Le petit groupe assiste à la chute d'une météorite dans laquelle Julien découvre un étrange cristal vert.
Au collège, le garçon donne le cristal à Anaïs. Quelqu'un remarque la pierre et décide de s'en emparer. L'une des sœurs est enlevée au beau milieu du collège ! Mais le ravisseur ne s'est-il pas trompé de jumelle ?

Un fantôme dans le métro
Roman jeunesse à partir de 11 ans (FANTASTIQUE)

Juliette Perrault était une élève ordinaire d'un collège marseillais, jusqu'au jour où elle tomba devant un métro. Elle se crut perdue mais fut sauvée par un étrange garçon, Stéphane, qu'elle vit périr à sa place. Elle semblait la seule à l'avoir vu.
Juliette découvrira que Stéphane est le fantôme d'un lycéen mort trente ans plus tôt. Pour lui venir en aide, elle n'hésitera pas à explorer les souterrains du métro de Marseille et à participer à un dangereux tournoi d'arts martiaux qui pourrait la conduire jusqu'en Chine…

Jeu de piste macabre dans le 6ème
Roman jeunesse à partir de 12 ans (POLICIER)

Mathieu et Mathilde Lavil (surnommés « Matt & Matic ») sont deux jeunes policiers stagiaires affectés au commissariat du sixième arrondissement de Marseille.
Dès leur premier jour, une lettre anonyme les lance sur la piste d'un dangereux meurtrier qui met la police au défi d'empêcher ses crimes !
Serez-vous capable de mettre vos compétences mathématiques de 6ème en pratique pour mener l'enquête et arrêter le coupable ?

ROMANS
Le pouvoir de Flamen
Roman (SCIENCE-FICTION)

Jeff Stone, pilote du cargo *Phénix*, est en train de boire dans un bar de la station spatiale XG34 quand surgit Flamen, une jeune fille pourchassée par de mystérieux agresseurs. Le pilote s'interpose et c'est le début d'une poursuite implacable à travers la galaxie.
D'affrontements spatiaux en combats au pistolaser, Stone et Flamen perceront-ils le mystère entourant la naissance de la jeune fille ?

Halloween chez Audrey
Remarque : ce roman est la version adulte de la série jeunesse « Halloween chez Justine »
Roman (BIT-LIT / HORREUR)

« Loups-garous, vampires et autres monstres, venez tous fêter Halloween chez Audrey ! ». La jeune fille n'aurait jamais dû crier ça par sa fenêtre le soir du 31 octobre… Son ami Jack se transforme en panthère, puis trois loups-garous et un vampire répondent à son invitation !
Les années suivantes, un monstre gluant, des zombis et le kraken viendront tour à tour chez eux. Les soirées d'Halloween de Jack et Audrey ne seront pas de tout repos…

Le cycle d'Atlantis
La revanche du léopard
Roman (BIT-LIT / SCIENCE-FICTION)

Julie Dunoyer assiste à une fusillade aux abords de sa propriété dans la forêt de Fontainebleau. Elle porte secours au fugitif blessé réfugié dans son jardin et découvre avec stupeur une créature mi-humaine mi-animale.
Victime de manipulations génétiques menées par des scientifiques néonazis, Lucas a été à demi transformé en léopard. Quand les nazis retrouvent sa trace et que sa nouvelle amie est en danger, l'homme-léopard sort ses griffes !
À paraître...

ALBUM
Le lapin qui grossissait
Album à partir de 6 ans (FANTASTIQUE)

Pour ses sept ans, Louane reçoit un petit lapin. Elle le nomme Juju. Il est si petit que la fillette décide de lui donner le médicament qu'elle prend pour sa croissance. Peu à peu, le lapin grossit, à la grande joie de sa petite maîtresse.

Mais Juju ne s'arrête pas de grandir. Quand il devient aussi gros que la voiture de son papa, les ennuis commencent...

NOUVELLES
Le secret de l'échiquier
Nouvelle à partir de 12 ans (POLICIER)
Jérôme Duval voudrait bien épouser Solange de L., mais son père s'oppose à cette union car Jérôme pourrait bien être le fils d'Arsène Lupin. Relevant le défi du baron de L., le jeune homme découvrira-t-il le secret de l'échiquier ?

La gare qui n'existait pas
Nouvelle à partir de 13 ans (FANTASTIQUE)
Jean-Paul pensait avoir manqué sa station de RER et est descendu par erreur à la gare qui n'existait pas. Il y rencontre Victoria, une jeune fille morte dans un accident quelques années auparavant. Jean-Paul voudrait bien aider ce fantôme, mais cela n'est pas sans danger. Car si la mort les sépare, elle pourrait bien également les réunir...

Le moulin aux fées
Nouvelle à partir de 10 ans (FANTASTIQUE)
Pour Romain et Mélanie, les vacances s'annoncent mal. Leurs parents les ont envoyés à la ferme chez leur oncle pour pouvoir se disputer tranquillement et organiser leur divorce.
Heureusement, derrière la ferme se trouve un moulin abandonné où se produisent d'étranges apparitions. Est-ce vraiment une fée qu'ils ont aperçue ?

Meurtres à la pleine lune
Nouvelle à partir de 15 ans (POLICIER)
Inspecteur à la criminelle, Jeremy Torquier l'avait bien dit devant le premier cadavre éventré : il y en aurait d'autres ! Mais il ne s'attendait pas à ce que la victime suivante soit sa propre fiancée.
S'il croyait stopper ainsi l'enquête de Torquier, le tueur en série se trompait lourdement !

Le miroir vénitien
Nouvelle à partir de 12 ans (FANTASTIQUE)

Quand Bastien déniche un miroir vénitien dans une brocante, il ignore encore qu'il lui permettra d'entrer en contact avec Julia, une noble italienne vivant au quinzième siècle.

Apprenant le destin tragique de la jeune femme, une question tourmente Bastien : peut-on changer le passé ?

Le projet R.H.
Nouvelle à partir de 14 ans (SCIENCE-FICTION)

Lors d'une manifestation anti-robots, Annabelle est blessée et conduite à l'hôpital par Jorgun Watts, un ingénieur roboticien travaillant pour la CybCod.

Les médecins estiment Watts qui a mis au point un microbot chirurgical, mais son ami journaliste Stefan Yort lui amène l'invention de l'ingénieur, un instrument de torture ! La jeune femme veut alors revoir Watts pour en apprendre davantage.

Mais en cherchant la vérité, on prend le risque de découvrir plus qu'on ne le voudrait...

Plus que la fortune
Nouvelle à partir de 13 ans (SCIENCE-FICTION)

Quand Lana débarque sur la planète Exovène, elle est bien décidée à faire fortune comme les autres prospecteurs. Malgré les dangers et les avertissements, elle s'obstine.

Une planète minière instable n'est pas un endroit très hospitalier, mais on y trouve parfois plus que la fortune...

Dépôt légal : septembre 2017
Imprimé à la demande par KDP